冬季的旅行者

欧力文 著

云南出版集团
云南人民出版社

图书在版编目（CIP）数据

冬季的旅行者 / 欧力文著 . -- 昆明：云南人民出版社，2023.12
ISBN 978-7-222-20974-9

Ⅰ . ①冬… Ⅱ . ①欧… Ⅲ . ①诗集—中国—当代 Ⅳ . ① I227

中国国家版本馆 CIP 数据核字 (2023) 第 198910 号

责任编辑	武　坤
装帧设计	谢蔓玉　刘昌凤
责任校对	王曦云
责任印制	代隆参

冬季的旅行者
DONGJI DE LÜXINGZHE

欧力文 著

出　版	云南出版集团 云南人民出版社
发　行	云南人民出版社
社　址	昆明市环城西路 609 号
网　址	www.ynpph.com.cn
E-mail	ynrms@sina.com
开　本	880mm×1230mm　1/32
印　张	6.5
字　数	148 千
版　次	2023 年 12 月第 1 版第 1 次印刷
印　刷	三河市元兴印务有限公司
书　号	ISBN 978-7-222-20974-9
定　价	59.80 元

如需购买图书、反馈意见，请与我社联系
总编室：0871-64109126　　发行部：0871-64108507
审校部：0871-64164626　　印制部：0871-64191534

云南人民出版社
微信公众号

版权所有　　侵权必究　　印装差错　　负责调换

有句话叫"文学是人学"。阅读不止是接受多少教育、熟记多少知识，更是做有意义的"人"，这是我对阅读的看法。

序章：关于诗的三个问题

一、诗和远方究竟有多重要？

鉴于我的人生经历实在乏善可陈，在序章里便粗浅聊聊个人对于诗的理解，回答三个与诗相关的问题。

首先面临的问题是，诗和远方真的重要吗？这个问题可以很简单也可以很复杂，但答案很明显——是的，诗和远方真的很重要。即便是一等一的钻营之辈，或是终生挣扎在温饱线上的劳苦大众，也不会断言诗和远方不重要，并且可以心甘情愿地付出或大或小的牺牲来获取虚无缥缈的精神快感。紧接而来的问题便是，诗和其他各种形式的艺术究竟有多重要，在生活中应该占据多少比重的意义呢？如果有请正反双方就此问题展开辩论，所有的唇枪舌剑都会指向一个结果——大家谁也说服不了对方。问题的关键似乎在于如何理解"意义"这回事。佛教认为意义就是通过涅槃来跳出"因果律"的苦海，儒家认为意义就是让"三代之治"的光辉重返人间，保尔·柯察金认为意义就是为解放全人类而斗争。大家各有各的道理，但哪一个意义才是正确的意义呢？事实上这个问题本身就不该存在，因为价值是主观的，所谓意义仅仅在于你相不相信，并且愿不愿意像佛陀、孔子或保尔·柯察金那样为之努力。

每个人都会给人生赋予不同的主观价值，所以诗与艺术也只能在各种境遇中扮演不同的角色。这个道理当真让曾经的我释怀很多，不用自卑，也不用骄傲，事实上写诗和许多其他事情一样，不比搞科学更卑贱，也不比打麻将更高贵，所有意义就只在于你相信与否。

二、为什么是唐诗宋词？

我们都知道唐诗宋词是中国诗词的巅峰，但少有人想到为什么诗歌的发展颠覆了"后出转精"的传统。"后出转精"说的是在绝大部分知识领域现代人都要比古人高明甚至高明很多，这个观点我完全赞同。也许有人并不服气，比如中国古代有诸子百家，有易学心学等等，那是何等光辉闪耀、高深莫测。但我们也要清楚古代学术难懂不一定是真的难懂，更有可能是支撑材料缺乏、古汉语的模糊性，抑或是其很多结论本身就缺少逻辑论证等等原因而造成的难懂，与现代学术的难懂并不是一个概念。所以我一直认为在诗歌领域，现代人写诗反而写不过千年前的李白、杜甫是非常奇怪的现象。

问题的关键在于什么诗才是好诗？可惜这个问题没有客观标准，所以自己的诗总是比别人的好、"肉食者"的诗总是比"屠狗辈"的好。虽然没有客观标准但并不意味着无法解释，比如王国维在《人间词话》里讲"隔与不隔"的概念。简言之清新直接的诗叫"不隔"，因为这类诗可以直接带给读者艺术美感的体验；华丽晦涩的诗叫"隔"，在欣赏和美感之间加了一些弯弯绕。从审美的意义上讲，"不隔"比"隔"要高明。唐诗宋词最大程度发挥了古汉语朦胧美的优势，最大限度地贴近人情和审美境界，进入了"不隔之境"，后出的诗词虽然更加精妙，但终究是"隔了一层"，那一层多出了技法与思想，却远离了诗意和美感，读者接受起来反而更难。所以唐诗宋词的高峰让清朝人甚至现代人也难以翻越。

三、我们在写"诗"的时候，究竟在写什么？

全球80亿人口每天都要创作数以百万计的诗。的确，诗尤其是现代诗的创作几乎是没有门槛的，不会写字的人也可以写诗。那么我们在写诗的时候究竟在写什么？不同的人有不同的看法，就我而言，诗是哲学性的趣味和美学性的表达。是的，我认为诗与哲学和美学高度相关，是通往这两者的路径之一，也是追求人性、真理与审美的艺术。

当然什么样的哲学才叫真理，什么样的美学才叫审美，什么样的人性才是真正的人性，这是过于宏大的话题。中国古代知识分子尤其热衷于探索人性，比如孟子讲性本善，荀子讲性本恶；墨子认为人性是和平、孙膑认为人性是杀戮。如果我们善于观察生活，就会发现大部分人都存在相似的天性，譬如贪财好色、好逸恶劳、热心于相互攀比、强者崇拜和集体狂欢等等。以上种种描述乍一看都不是什么好词，但实际上也只是生存、繁衍等基本需要的延伸，并没有想象中那么糟。而且这些都不重要，因为诗人并不需要在真理和邪说的区分上过于较真，而是需要一种特有的趣味，并且用这种趣味去连接现实生活和理想中的艺术。华兹华斯讲诗人要创造欣赏作品的趣味，说的大抵就是这么一回事。至于美学性的表达，在第二个问题中已经提到了一些，同时我认为美是主客观世界平衡的产物，并不天然存在于自然或者主观当中，所以美不能被发现，只能被创造，诗便是创造美的重要方式之一。

综上，诗歌的创作要平衡思想性与艺术性，我个人欣赏的诗作也总是要有意境和美感，同时亦不能缺少了基本的深度。

最后，我认为写诗带给我最大的改变在于心性。看上去似乎比较高深，其实一点也不高深，拉丁文有句名言："诗人是天生的不是造作的"，说的其实也就是心性这么一回事。至于这样的心性是否真的有意义，我想说的是，在物质与科技被一再拓展的今天，艺术的边界似乎已经很难再拓展了，大部分艺术形式的未来也许只是数据和算法。艺术对人类来说已经不像曾经那么重要，至少不能再如曾经那样可以圆满地解决掉人类精神生活中的各种问题。但意义能否被数据和算法替代呢？更深一步的问题是，意义能否跟其他万事万物一样被因果律决定呢？我倾向于认为不能，人有能力决定自己的意义，否则人就不再是人。所以还是那句话，相信本身就是意义，就像我在本书第二首诗《病人》里写到的，"他相信意义／他只有肮脏的正午／和光明的黑夜。"

目录

第一章 画师

- 003 画师
- 005 病人
- 007 舞者
- 009 猎物
- 011 大厦
- 013 敲钟人
- 015 乞丐
- 016 学会
- 017 成长
- 019 牧羊人
- 021 囚徒
- 023 花童
- 025 放逐
- 027 舞台
- 029 黑夜的剧情
- 031 船桨
- 032 摄影师
- 034 火柴狗
- 035 卫兵
- 037 风暴

第二章 冬季的旅行者

- 041 冬季的旅行者
- 042 别离
- 044 黑夜
- 046 秋日
- 047 判决
- 048 操控
- 050 背叛
- 051 行走
- 052 牢笼
- 053 聆听
- 055 夜市
- 057 影子
- 058 冬天
- 060 失眠
- 061 病人
- 063 深渊
- 064 清晨
- 065 午餐
- 066 沉默的冬天

第三章 生命

- 071 生命
- 073 去到天堂
- 075 情书
- 077 前夕
- 078 长眠
- 080 希望
- 081 一切
- 083 傍晚的诗
- 085 蜡烛
- 086 酒局
- 088 古井
- 090 片段
- 092 迷宫
- 094 回家
- 096 忏悔
- 098 记忆
- 099 灾难
- 101 失眠
- 102 青春

第四章 陌生的孩子

105 陌生的孩子
107 村庄
108 路
109 守夜人
110 清晨
112 午夜
113 雨季
114 失眠
115 钥匙
116 黑夜终究来临
117 消失——写于烈士公园
119 工地
121 村野
122 初夏的夜幕
123 此夜

125 夏天的清晨
126 儿时
127 水塘
129 港口

第五章 城堡

133 城堡
135 清晨的路
136 遥远
137 戏
139 吊钟
141 逃跑
142 圈套
143 笔记本
144 散步
146 风筝
147 建筑
148 台阶
149 紧张
151 洞穴
152 道路
153 海洋
155 恐惧
157 房子
159 公园

第六章 古典诗

163 五律
170 七律
175 五绝
179 七绝
186 古体

193 后记

第一章：画师

画师

画师的幕布上，一个男人高举太阳
神的目光使男人肌肉丰满
肌肉下的阳光逐渐成长
阳光里，麦子泛起波浪
可泛起波浪的麦子背叛了画师
——他成了被挚爱欺骗的人
叛徒不断出现在同一个地方
道路一如长剑刺穿画师的身体
他目送乌鸦离去
心中只有一声慈悲

画师永恒地跟随神的脚步
自己的脚边却只有深渊
以及一双铁锈拼成的翅膀
没有真的神迹
只有微风，吹响铜铃
他回忆着画中的男人
——那个超越神迹的英雄
汇聚了一切目光与骄傲
就像站在世界之巅

位于一切存在的终点

此刻的画师
被麦浪灼伤头发
那是没有未来的头发
未来隐没在一个塌陷的角落
那里充满泥泞
白虫子蠕动着身体
指挥着麦田中的稻草人
稻草人有着随风飘落的衣角
看世界中心的巨人
拯救不了任何一颗麦子

感谢劳作的双手
餐桌上才有了煤油灯与土豆

病人

他是个可怜的病人
他的一切都将失去
就像从未存在
他听到看不见的故事
敲响逝去的每一帧分秒
每一寸空气
都遍布着他的触感
他已经准备好
击碎一切谣言
像月亮抖落星星
他跟随月亮走进来世
直至世界重归寂静
他只有寂静的过去
和永恒的此刻

他是个可怜的病人
总有未及理解的字句
他将把无知带进坟墓
把骄傲归还泥土
他曾去到城市

城市像陀螺一样旋转
他被声音包围
在人类诞生前的大海
他被符号包围
符号喂养了婴儿
喂养了记忆,嘴唇
以及光怪陆离的剧本
他看到剧本里的名字
他用流氓的方式抒发善良

他不是自己的英雄
他只是个可怜的病人
季节涌入天空
天空如火焰般沸腾
他是哭泣的火焰
他是蟑螂的眼睛
他是安谧与颤抖
他是恶魔,也是先知
他是所有成长与毁灭的终点
他是思想和存在
存在根植于无畏的相信
他相信意义
他只有肮脏的正午
和光明的黑夜

舞者

在隧道疾驰的空车上
舞者专注地重复一个姿势
如此光芒四射
亦不用负担一处目光

从矮木桩一次次摔下
演好一个痛苦的角色
跟随着角色走入剧情
走到一滴眼泪的尽头

流泪的舞者躲进角落
看剧情里的敌人攻城拔寨
握紧手中的火把
让它稳稳照亮一处秘密

秘密的舞者从沙漠中醒来
他突然明白，自己并没有记忆
就像一粒沙
在平庸中度过了日复一日

微尘的每一次跳动
给他欢愉
使他察觉到行走的崇高
使他亲近冷漠和地狱

猎物

凯旋的马车闯入尘埃
马匹沉重的呼吸响彻耳畔
赶车的是个乳臭未干的孩童

马车从雪山中逃离
穿过迷宫般的丛林
远古石雕横卧在路旁
顺着凿纹流出的山泉
养大了一只蓝白色的猫

马车路过帐篷
火堆定格的画面
最珍贵的米饭
填饱最落寞的肚子
马车驶向木屋
阁楼被车轮包围
泥土的气息充斥空气
为衰老之人带来远方的味道

孩童此刻回忆起他的猎物

在脖颈上摇晃的纸片人
化身为一只盘旋的乌鸦
带他从不同角度
看到了自己的荣耀时刻
荣耀而残忍
复仇变得可有可无
退后加剧了一切疼痛

他卸下缰绳
像从英雄身上卸下武器
入夜后,他梦到一个拇指人
小小的拇指人两手空空
穿梭在山间溪旁

大厦

托付未来的大厦
破败而不失庄严

远来的风蹚过每一寸地毯
冲洗着古老的印渍
大人物在肮脏的家里休息
观察,时间行走的速度
一侧窗户迎来冬夜的雨
另一侧拥有全部阳光

钢琴被灰尘掩埋
紧急事件接踵而至
我平凡的双腿,只能奔跑
拧开一扇扇房门
再上紧身后的锁
不断逃走,逃避记忆的追捕

目光交汇的瞬间
陌生人扭曲着表情
我俯身摸一只猫

同时莫名向往一个城市
而此刻回家的门
却被嬉笑的孩子锁紧
嬉笑的，少女
打碎了心中的玻璃球

一只流血的老鼠镶嵌其中
它被温情包围
因为感动，流下热泪

敲钟人

月亮的距离
比沉默更遥远
迷途的敲钟人
带着闪电流亡到此
日复一日
他习惯了日出的轨迹
晨钟深入季节
音乐比文字更古老
他给每一幢建筑重新命名
他装点自己的预言
和一只狗谈心

游轮载回久违的灯火
照亮他的赤身裸体
照亮幽灵的眼睛
衰老,从他的身体坠落
在这相遇的时分
晚钟,刺破寂静
像散入天空的星星
面孔属于镜子

孤独的敲钟人
他始终没有勇气
拾起信仰与狂欢

乞丐

南方绵延的夜里
海的边界向手心收缩
没有一片沙滩
停留在沉默的天国
他熟识歌谣与花朵
他生长在每一个，
卑微的角落
路只走了一半
他被最温暖的海水
紧紧包裹

再也挪不动脚步
再也挪不动脚步
记忆中的幸福
愤怒的敌人相视沉默
可怜的人呵
他丢失了梦境
只有飘忽的魂魄

学会

当天空舒展纹理
黄昏学会度过漫长的路
当山河被装进一块琥珀
气球在边境学会遗忘
也许在火焰布满眼睛之后
坟墓生长花瓣之前
栅栏学会植根于大地

大地如流沙般游走
走过秘密的皑皑白雪
白雪中唯有飞鸟的爪印
孩童从这里离去
学会孤独和流浪

流浪的人学会忘记
忘记一切路程，学会
清空自己的肚子和大脑
学会与命运交谈
狼群的凄厉回声锁紧寒冬
诗人自别离之日起学会复仇

成长

把生命托付给一个笼子
在仅有的公路上奔走
追寻一段永在消亡的暮日
让屋檐变得很高,
天空变得很低

一种别离给予道路生命
双腿如齿轮般转动
心跳扬起灰尘
适时地学习一棵树的历史,
一尾草的呼吸

把思绪托付给一只孤鸟
随它去处
鲜有人至的对岸
让月亮变得很近,
目光变得很远

一段余音使我紧随
把天空沉落在衣兜里

向渐远的人群挥挥手吧
听远方的风暴，
严阵以待

牧羊人

夕阳带走天空的弧度
牧人枕着羊肚入睡
心跳弹落他的满衣灰尘
此刻的心跳
轻如羽纱,又稳如磐石

他的身体吞服着月光
像浮于山间的薄雾
黑夜收起白马的缰绳
归途中一切生命
在星辰交替中从容老去

将祷告默念千万遍
让目光走到尽头
把所有燃烧的星空
尽收眼里
归还于一粒尘埃之中

行走的规则被时间抛弃
牧人听到羊肚的起伏

他梦见自己是个盲人
端坐宇宙之王的会桌上
掌声将他环绕

囚徒

当啤酒化作音乐
他在血红的夕阳下
日复一日地演奏

他以慷慨的姿态
作别一切归路,忏悔
作别目光里每一处
林边小溪
他活在画里

他对着玻璃镜框呼气
视线透过漫长的指环
银光闪闪

他的眼睛被浓雾禁锢
他继续活在画里
像被遗忘的火炬

在每次风暴消散的时刻
雨伞准时飘忽而下

盖过一阵阵蹒跚的脚步

他还未学会幸福

便早已浑浑睡去

他的床头飘向星海

他把手系在天花板上

他害怕梦游

花童

房内的邻居换了很多面孔
房外有敌人入侵的痕迹
陌生人的棉被铺到床头
隐隐让人不安

花童取下门锁
菜市的嬉闹气息传入耳朵
一对玩具巴士停放街口
人们看到它塞满乘客的样子

汽车载满迟到的重量
驶入抽屉中的餐厅
那座被粉红木兰环绕的餐厅
曾在历史的呼吸里慌张地起伏

花童和幸运的宠物交流
教会它喝水
被遗弃在破旧楼层的蝙蝠
嘲讽一个老妇胴体的姿态

多年过去,花童那小小的汽车
还在狭窄的隧道里奔驰
风暴卷走雪花
爱情因为天气而颤抖

放逐

取下空中的隔板
看到天空之外
——四周都是绿色
那是刺眼的绿色
顺着悬崖向上延伸

绿色中有森林、村子和狗
耳边循环着一种音符
臃肿的妇人清扫落叶
老人的床边挤满稻谷
一个卧房,安放着柜子和棺木

黄昏睁开沉睡的眼睛
凝视着屋顶摇晃的水塘
水塘连向大海的心脏
随着潮汐,如呼吸般
起起落落

水塘中的雕像
伫立了千年的雕像

还在讲述着一个人间的故事
——国王抛弃了国土
王子被叛军放逐

舞台

舞台搭建之前
乌云收起歧视的目光
阳光使荒漠成为海洋
舞台搭建之后
相机贩子永远失去了表现的权利

舞台之上
演员们手拉着手
面对天空的镜子
展示秩序与罪孽
脚步，从未断绝
宛如精准的挂钟
在夕阳里节奏地摇摆

此刻的后台，却在被恐惧践踏
那是填满血液的恐惧
像风暴中孤独的海船
一只被鲜血染红的手帕
接上了断离的脚步

鲜血之中
有先知的女巫
能预言一切灾难与不幸
能拯救一粒尘埃
但卑微的尘埃不属于舞台

黑夜的剧情

每一出剧情
都有敌人潜在的身影
一场悲壮的远行
让我不断跌入陷阱

飞鸟扰乱月亮的皱纹
天空倒映在蓝色的眼睛
在山间重复一段旅程
端详路标指向的风景
自由压缩了我的视野
眼前的明灯却飘往边境

把污秽晾干
让麻木的双腿驱散觉醒
在充满化石的河水中
鲟鱼腾空而起
划破了浅夜的寂静

我看清了水中化石的模样
却再也分不清死亡和生命

心念牵引的远处
有闪烁的星星
星星点亮长卷一角
方向迷失于归路
只留下歌唱与聆听

船桨

孩子摇起梦中的船桨
童话的见证者只有月亮
夜雨还在飘落
风铃再不会吹响

你从无边的寂静中醒来
追赶弧形的谷浪
你只有一个爱人
穿过了千年的坟场

不用寻找生命
生命只在离别的心上
你早已习惯风暴
不甘在沉寂中游荡

刽子手逃脱审判
像飞鱼逃离渔网
但你还有,骄傲的影子
伴你划往远方

摄影师

假如我是名摄影师
我将用人类的镜头
记录下每一缕和煦的晨光
和每一片白云安憩的样子
记录下沙滩，城堡
一个羽毛球在空中划过的轨迹
我将发现世界每处角落
都能被画面相连
也会随着底片消失
就如一道闪电
或一顶被风吹进大海的帽子

有人会在冬天的夜晚
对着一株蜡梅许愿
刺耳的钟声
将穿透卑微的沉默
每一道窄门
都通向未来的宿命
但我不再相信宿命
因为我手里的镜头

和时间

终将证明一切

直到这片大陆沉入海底

火柴狗

那是一只火柴狗
没有目光和毛发
没有爱恋与幸福
它为了忘却而存在

它存在于
救过它一命的人心里
它独自响应所有谎言
独自捡拾背叛的回忆

但落魄之人爱它
爱它的忠诚和专注
爱它，安心把沉重的时间
融入生命

眼睛是生命的铁证
那是角落里的火柴狗
每个夜晚
它都看到了不绝的黑暗

卫兵

高大威武的巡逻卫兵
肩负世界上最神圣的使命
新晋的卫兵心怀荣幸
他看着自己邋遢的头发
如此庄重的时刻
他心怯却又憧憬
他胸膛笔挺
跟随金色的队伍,骑着猪飞奔
穿过城市的边境

骤然天空布满箭雨流星
卫兵们四散逃命
他扛着猪趟过桥洞
华丽的长街被烈火抹平
心中的圣堂,轰然坍塌
有人窃窃私语,亦或相顾寂静
卫兵和他的猪,依旧狂奔不停
某个男人的谎言
被公布到每一双眼睛

他回到河边

找寻，多年前的遗影

但水流之下，一无所获

妇人浣洗留下刺眼的水晶

晚风吹走一切姓名

此后，一个阳光的清晨

他也许会发现一块

长了四条腿的铜镜

像极了当年那行走的殿廷

风暴

在这孤独的春天
没有人是主角
人群没有片语只言
音乐在想象中长眠
白色，集聚每一章诗篇

我把自己抛向风暴
风暴的狂妄使我迷恋
我飘浮在空气边缘
犹如深夜出走的蜉蝣
滑向巨石的陷阱

骤雨，将卑微的心愿
送入大地之渊
我静卧风暴原点
等待骄傲的咆哮
划破天空的瞬间

第二章：冬季的旅行者

冬季的旅行者

冬季的旅行者
最欣赏雪的颜色
那里有落寞的浪漫
因为卑微
他习惯等待

行囊依旧收藏着
印象中曼妙的北国
只是这无声的指尖
风偷走黑夜
星星成了孤儿

一切故事
都是预谋的别离
可怜的旅行者
身体那么差
记忆却那么好

别离

我在此数年
观察了数十次
你在雨中的样子
我无比熟悉
你的每个角落
你的每处悲伤

我不时想起
那些看不到尽头的日子
那里有日复一日的攀比
日复一日的相遇
怀抱同样包裹的人们
在不同的轨迹行走、奔跑
短暂和长久,平静与涟漪
我想起你热闹的过去
和寂寥的此刻

我意识到自己的轨迹
将是如何,通往何处
我意识到

这一切，早被预言

你将留在此处

新的故事

将让你走进更多记忆

将让我两鬓斑白

黑夜

也许黑夜,让我短暂失明
但我感受到
一顶帽子飞向深空
成为每一颗星星的帆叶
所有音符,都能被听见

雨点飘至,一如天使的来信
我读不懂天使的文字
却也是它唯一的读者
一杯牛奶涌入月亮
从此,我多了一个秘密

这样的黑夜,脉搏拥有了全部生命
我从未碰触的人间
将所有奇迹娓娓道来
沉默再不是卑微
远去和回家的心,相拥而泣

这样的黑夜,我看清了所有颜色
所有颜色都将在清晨死去

此后，世界只剩一盏路灯

照往远方一座

陌生的，白房子

秋日

晨曦和煦如旧
在这寂静的秋日
橱窗里古老的画框
重新生长颜色
岁月深埋街道
脚步滴滴答答
一如墙上的吊钟
捉摸不定

一段音乐毫无防备地升起
人们慌张四顾
相视不语
街道充满回声
大家目光交汇之处
一个男人的小提琴
被缓缓装入盒子
旅行箱残破不已

在这短暂的秋日
骤然一声汽笛
划过天际

判决

一如,误入城市的月亮
久违的乐曲
伴随时钟,嘀嘀嗒嗒
绵延无止

当判决淹没生命
镜片中的世界
将被相册永远封存
那是轻盈的相册
充满了歌唱与沉默

我想,判决我的
唯有那卑微的善良
和崇高的愤怒

航海时代早已过去
我却依旧抓紧桅帆

操控

被命运操控的字句
在恍惚的岁月里
穿行不止

我想不起年轻的写法
想不起一个
衣冠楚楚的名字

遗弃的怀表在摇篮里
一摇一摇
它代替了婴儿
听着故事入眠

传说变得真实
变得格外亲切、迷人
镜子倒映的房屋
孕育了宇宙最珍贵的生命

我努力想象一个
未曾经历的夜晚

那是字句与诗文的归宿
恐惧好像血液
流入温暖的月亮

人们在秋日窃窃私语
习惯是疯狂的前奏
饥饿操控一切
有人打点好行李
避谈不安的过去

背叛

钥匙在抽屉中苏醒
它听到歌声徘徊于海底
猎人紧闭双眼
扣响命运的扳机

孩子看到城市的白昼
羽毛飘往小溪
乐师忘记了五线谱的样子
时间懂得背叛自己

骆驼在雨水里游泳
鲟鱼在沙漠中呼吸
衣架悬挂着黑夜
月亮系好领口的风衣

当暴雨融化道路
当夕阳停止战栗
传言还在驶向遗忘
背叛是永恒的碑记

行走

我行走在柏油马路上
注视,每一张面孔
那是行色匆匆的面孔
我行走在面孔里
天空有太阳的余温
我行走在余温里
远方的风呼啸而至
雨水招摇坠落
游客被惊惶裹挟
我行走在雨水里

台阶上有衰老的母亲
孩子熟睡在怀抱
雷声大作
我行走在雷声里
路灯在踉跄中升起
灯光点燃了空气
像透明的星星
我行走在透明的星星里
透明的星星里,有城市的黯淡
和雨水的皎洁

牢笼

窗不算是牢笼
唯有浪漫的夜色
方才体会到
被谎言拘禁的瞬间
瞬间，也享有生命的温度

牢笼的错觉
向远道而来的人问好
牢笼等待真理
襁褓中的幼苗
丢失了它自己

聆听

当时钟冲淡影子
白日收敛锋芒
我愿独自在此
聆听一切呼吸与忧伤
聆听一切
草木和山川，归途和远航
我想知道所有欢愉的卑微
和痛苦的高尚
所有傲慢
在此刻，被大地雪藏
就像泡沫破裂的瞬间
弹起耳边气流摇漾

岁月安然流淌
林尾落叶泛黄
溪水，聚拢一夜月光
我依然聆听
聆听一切遥远的遗忘
用我生命的血浪
将一片叶子喂养

我从未期待被回望
只想听见
一句令人心碎的歌唱
明天在向我走来
那里有落满尘埃的行囊

夜市

饭店的音响
彻夜未眠
电视里滚动着广告
女人头发散出的香味
曾让一个孩子鼻孔发酸

歌声刺入天际
我一次又一次路过此地
隔离墙后有灯火翻涌
醉汉们
口出秽语,不省人事

卫生间有排队的人群
这里早已习惯
一次次高潮
一次次别离
口号与食物,抚慰可爱的魂灵

送餐员驾驭着电车
熟练地绕过每一处坑洼

在这世界的中心
它是新科干部的庆功之地
它熟知每种爱恋的结局

夜市总有一间水果摊位
老人拽着行李
公交车站就在身旁
司机离开后
世界开始不安

影子

当最后的雨水
被晚风送进尘埃
这落叶的窗台
作别了
令人倾慕的秋日

当和弦沾染耳边的空气
大家回忆里
那无畏的暴虐，蓦然褪散
黑夜平息所有主题
沉寂属于月亮

走了罢，倔强的影子
没有什么值得留恋
因为一切都从未存在
请让我独自面对黑暗
你的每句祷告
都早已出现在台词里

冬天

冬天总会出现在某处
走吧，走出城市一角
在旅途中忘记了年龄
布袋里的铜币叮咚作响
河流永远清澈如斯

冬天，终究割裂了太阳
割裂了冰雪、山丘
以及归途中迫切的影子
但现实与梦境的界限
却一再模糊

此刻的天空
那么低
它记录每一只大雁飞行的姿态
它将所有存在于人间的谎言
锁在一缕薄雾之中

也许怜悯诞生于冬天来临之前
也许灵魂记得颂歌最后的旋律

也许羽毛习惯在黑暗中狂舞
城市将永远被母亲般温暖的双手
拥向心怀

失眠

记忆还留存在掌心
故事变得轻盈
火焰点燃一段命运
黑夜卸下疲惫的眼睛

古老的构想敲打着水杯
雨水开始远行
干涸的月亮泛起涟漪
荡走天边的浮萍

硬币从口袋滑落
房客丢失了年龄
他拿出一张手帕
擦拭玻璃上的星星

折叠椅缓缓展开
路灯照亮边境
灯下有战栗的桐叶
紧随河堤流向黎明

病人

牛奶的白色
令躺在窗下的病人厌恶
他翻看今天的报纸
过去的消息令他不安
所有日子，都在默默流动

他得以静静观察
一个杯子的形状
收音机将遗忘的旋律
送进每一只耳朵
和每一个没有耳朵的角落

窗台上的鸟儿来了又走
天空平静如水
让人联想到羽毛
护士的手套拨乱空气
整齐的衣服叠在枕旁

他对着镜子深呼吸
并且注意到

自己牙齿的颜色
陌生的走道过于漫长
像女儿的眼睛，深不可测

香皂的味道令他欣慰
他开始坚信，那是家的味道
他努力换了个睡姿
同时想起了梳头，以及
一首让他激动不已的老歌

他想起了许多事情
比如，许久以前女儿的提问
回忆需要休息片刻
他掏出手帕
擦拭眼镜的灰尘

午餐

午餐的男人与一盘果酱
被气味隔离
食物削损着他的意识

广告单在海滨路裸泳
园丁收起一把剪刀
风挑逗他少年般的发丝
此刻的人们正在怀念、补妆

一段歌声穿过森林、坟场
穿过田野,钻进男人的耳朵
使他在丰美中眩晕
又终沉没在淫荡的魂灵

烈日映照着餐后的人群
人群像罪犯一样流窜
影子是生命的铁证

深渊

离开排队的人群
走向崭新的庆典
紧随,悠远足迹的视线
来到一处孤岭
静待着,降临的冬天

在白雪覆盖山冈之前
一颗熟透的果实滚落脚边
它在大地的目光里
腐坏,长眠

没有战鼓,没有火焰
可爱的歌声环抱胸前
任何方向都是末路和彼岸
任何方向都是地狱和人间

没有扬帆,没有悼念
没有永夜的星海万千
我只想看看深渊的脸

清晨

钟表
在灌木中摇摇欲坠
街上的水晶鞋亮得夺目
水洼映出蓝色的雨

河流在每个清晨决堤
将泛黄的报纸,冲向
城市的每个边境
而后整日,它们默然无语

路灯收起光芒
旭日窥视着道路的影子
那是没有颜色的影子
那是摧毁黑夜的影子

欲望在大地升起
等待欺骗了所有人
异教徒在此刻入睡
白昼没有天敌

沉默的冬天

沉默的冬天
被又一次洒向森林
干柴是谎言的堡垒
厚重的呼吸沾染镜片
模糊了崎岖的山路
崎岖的山路让孩子跌倒
那是冬天的孩子啊
怀抱着脆弱的幼苗
大树向河流生长
河水带来了破败的瓦砾
瓦砾上
一只手的涂鸦
托举着粉红的太阳
太阳紧挨天空
那里有海洋般的蓝色
和从风暴中归来的云
我想把它画下来
却两手空空
我除了谎言和冬天一无所有
只有玻璃的牢笼

将一切定格在
堂堂正正的目光里

第三章：生命

生命

他来到生命的终点
他看到自己的眼睛
他跟随人群走入坟墓
获得了久别的安宁
他拾起回忆的轨迹
就像拾起一叶浮萍
他多想去往一处别路
观察一处风景
但他挪不动目光
好似丢失了魂灵
那是卑微的爱恋
那是衰老的远行
他看到风暴中的沙砾
没有反抗的身影

他听到耳边响起一个姓名
孩童拥有浑厚的嗓音
他为了体面穿好衣服
将记忆收拾干净
他曾经背叛了记忆

昂首穿过谎言与梦境
但谎言给了他生命
名字给了他生命
河流给了他生命
灾难给了他生命
他跨越一个小小的灾难
收获了哀伤与荣幸
水流挡住前路
泥土像柔软的星星

他在泥土里行走
沉重的脚步变得轻盈
他忘记如何歌唱
像飞往沙漠的夜莺

去到天堂

去到天堂
人间的记忆逐渐消失
我拼命说话
说着一切,曾经存在的铁证
把目光安置在每一寸空气中
把味觉留在一个玻璃瓶里

天空映照着蓝白钻石的余光
记忆里的身体——走过了一切日子
在心中慢慢播放着
它如此轻盈
像一个幽灵飘过湖水
没有荡起一丝波纹

连衣裙舒展着花边
带我滑向充满云朵的天空
云朵跟壁画一样古老
我的手中长出青草
一个声音,正在祈福
让仅有的记忆留在一个隧道

那个隧道拥挤不堪
两侧有买醉的病患
有看球的白领
有拥吻的老人
当时我的脑子里面
只有干部的等级

情书

那是一个梦中的姑娘
没有记忆,过往和名字
只有短暂的感知,以及
模糊样貌中清澈的眼睛
你从未见过白天黑夜的转换
却在一个风景如画的下午
与我感同身受,大概因为
你拥有理念,那是美的理念

每一个细节
都是这个世界的全部
仔细观察,
空气中沉淀的只言片语
伙伴的喝彩萦绕耳畔
猫咪在怀里伸着懒腰
一切都如此平静
你却只有这短暂的感知

一个信念涌起——
一定要让你看到夕阳

但我不敢飞奔
恐怕脚步踏碎了梦境
我看到大海突然消失
取而代之的是一条小溪
狭长地卧在山脚
一条木船静静泊在溪畔

你唤我解释，一切
夕阳中透明的湖水，宁静的楼房
每一片叶子复杂的形状
它们的纹理，随风摇曳
晚风聚拢花的味道
余晖西沉的速度缓慢无比
足够我们慢慢地走
从容地说话

此刻的行走让我失忆
我从此忘记了——因果的存在
只愿找到真实的你
一起踏上木船
从小溪的这头划到那头
日日夜夜，周而复始
可你永远等不到今夜的月色
我永远再找不到脚边的小溪

前夕

牢笼伴装成折叠椅
我躺在椅子里
手握生锈的画笔
马路对岸危楼林立
阳伞漏下永生的谜底
无数故事从我身旁远离
我挪不动脚步
无法成为任何剧情的遗迹

穿过时间之门的日子
在天空追逐与哭泣
历史学会呼吸
孩子在瞬间老去
一切回忆都未曾发生
别离成为主题
敌人用音乐祝福彼此
在白昼降临的前夕

长眠

这里有寒风、雨露
有高贵的融水
我将长眠于此
还将听到一千颗红心
骄傲地诉说着雪山的品质

我曾看到，一双颤抖的双手
用项链围住神的脖子
朝圣的人被太阳包围
我的心被泪水包围
我的泪水，将湮灭一个回忆

在那个回忆里
有副瘦骨嶙峋的身躯
承受了所有信徒的痛苦
——而今，我已长眠于此
我的血肉早已溶于尘土

此后的墓碑，有蚂蚁向上攀爬
河流将岩石一分为二

雪山浑厚的寒风

将一百零一个反叛者牢牢锁住

这里，只有永恒的长夜

希望

诗文和幸福被一起流放
灵柩在桅杆下咯吱作响

王国已经淹没
你还在坚定着航向

将身躯沉入海底
果实终将长满心脏

你拿出时间的史诗
那里充满了爱恋的篇章

爱人正在走入永生
而你只能驶向遗忘

不用麻木,不用沮丧
这是你的命运
也是一切灵魂的命运

一切

这一刻
旅行者端坐在航班上
他把自己塞进一个,
狭小的椅子
机舱昏昏沉沉
来自不同故事的人们
保持相似的姿势
生命的气息
被藏于每一个泡沫之中
这一刻,是静止的瞬间

一切都静止了
一切,都是如此安静
就像一幅画
只有太阳,在慢慢靠近
空气变成了红色
他想到金鱼、海报
和烤面包的味道
温度在升高
汗珠从额头滚落

他的心,却被清风怀抱

这一刻,他想起了好多故事
比如某张试卷的答案
一粒豌豆被牙齿碾碎
数字、音符,电影响起片尾曲
还有,每天回家途中
都会见上一面的孔雀草
也许他想起了一切
一切被他改变的轨迹
和一切从未察觉的角落
这一刻,他不再认识他自己

世界还是古老的模样
一切大海都看不到尽头

傍晚的诗

用手抹平奶油
傍晚的作业是交一份面包
药片代替了糖果
洋娃娃从藏宝箱跌落

跌落的人在空中翻滚
逃避摄影机的追捕
影片里的人生陆续播放
在熟悉的幕布中走进细雨

细雨留存天使的呼吸
雨中的人们,缓慢地学习历史
构思一段小说,抛弃一段
因为赞美而保持骄傲的身姿

阁楼的鱼尾弹起灰尘
尘土在空旷的房间对峙
一段音乐升起
升起生活最理想的样子

跟随傍晚的孩子前往乐园
刽子手亦出发前往刑场
完成一个任务，交出自由
判官的赞美被拥入怀抱

蜡烛

一切影子
都被定格在高墙腹地
片段充满谎言
黑夜开始延续

蜡烛在眼泪中寻觅
那只肥胖的孔雀
努力吟唱着
掩埋在烟盒中的旋律
恐惧
像夜里隆起的山脊
因为火焰而蜿蜒
因为眼泪而死去

歌声偷走蜡烛的影子
唇印有了永恒的主人

酒局

木桌上有三壶烈酒
还有未熟的葡萄
这是流浪者期待的畅饮

屋外传来一声女人的尖叫
神的幕布攀墙而上
酒局中的目光落入黑夜

墙瓦点缀着花哨的窗户
形似马桶的漏斗
向窗外送出一股水流

在这个阶层分隔的房间
有朝思暮想的团圆酒
酒香在自由的空气里,缓缓跳动

大地颤抖着起伏,楼道里
身穿航天服的人们无法平衡
纷纷跌倒,惊呼四起

酒局中的人们逃下楼梯
看见恶人被正义制伏
窗外,月亮的孩子击溃了同谋
迎娶了最终的幸福

古井

风暴,毫无征兆地降临
模糊的记忆填满雨水
在不安的古井里,宿命
被一遍遍默背

来不及思索
顺从地接受欲火的支配
延续一个谎言
将高尚送入风雷
看山顶融化的雪球
如何滋养了地狱的恶鬼

被乳峰的漩涡包围
观察一段余晖
跟随裂缝的轨迹,蜿蜒向上
赢取苍老的玫瑰

摇响古井里的挂铃
声音让尊严破碎
不朽的黑暗涌入魂灵

恐惧渗入骨髓
别离纪念着每一处原罪
复活的血肉沾满石碑

石碑上的血肉
掩没了冰冷的呼吸
和炽热的梦寐

片段

每当别离掠夺了生活
我的感知,成为一个片段
那是充满智慧的片段

充满智慧的片段
那里有想象之外的富饶
那里有无法企及的充盈

我看到片段里胖嘟嘟的孩子
看到舍友在门锁上下棋
以胜负决定进退

我看到熟悉的同事
他们满面笑容
那是缺少劳顿的笑容

我也看到了遥远的明星
好似多年的老友
他们在夕阳中打着伞闲逛

回忆总是充满惋惜
但熟人的面庞带来希望
我只是想洗个脸

在刮着沙尘暴的片段里
一个男人的灵魂
附在我的猫上

迷宫

在这宏伟的秋天
血红的迷宫向天空进逼
直到空中的花园泼下一缕灯光
一缕灯光聚拢所有抛弃

本能地挪动脚步
镜中的面孔像正在燃烧的遗迹
火焰照亮隐者手中的地图
出口隐没于环抱青苔的禁地

回想一个陌生的路口
让思想越过身体
一只蟑螂准备为艺术献身
它的生命将被花香承继

从涂满蜜汁的乳房里醒来
骄傲地展示一枚琉璃
通往出口的漫漫长夜
被无数大脑抛弃

在迷宫焚落成灰之前
抓紧一切卑微的记忆
那是蟑螂与秋天的记忆
充满了沉重的呼吸

回家

盲目地接受一项任务
拯救一切耗子的命运
在巡视中忘记一切
走廊的黑暗支配着脚步
最后一圈的巡视
注定了回家的结局

当住所变成真理
颤抖的火焰照亮指尖
水流涌出厕所,出卖了尊严
爱人逃避对方的眼睛
一如极简剧情里
两个陌路的角色

钥匙跌落潭底
眼睛却被水花刺伤
拱形的走廊像幽灵一样徘徊
游子沉溺在幽灵的气场
从此不再想家
前所未有的温柔目光投下

捎来恐惧与迷茫

唯一推进的剧情是欺骗
行将回家的人们
被狗的眼睛看得清清楚楚
黑暗中的黑狗
舔舐着回家的棉被

陌生人占据了寝床
换好衣服，等待房门敞开
镜子里的爱人
充满了凌厉的目光

走吧，跟随黑狗的眼睛
选择一条路
远离一个爱人
风暴席卷小镇
天真抽打着良知

忏悔

我游荡在走廊上
脚下公交站台串起霓虹
房间里充满了慌张的眼神
慌张的人们,往返于过道两端

我努力回忆着
过去的罪孽,推开玻璃门
左边有透明的湖水
灯影环绕城市,白墙黑瓦
前方有巍峨的阶梯、拱门

清风拂过长夜之心,黑暗注视着
石棺上低头喃喃的合影
星星和石头相遇
晚钟徒劳地解释着终点
上一步台阶,心便轻盈一分

"你什么都不用做,跪在这里吧"
耳边出现一个声音
我也将把这个声音说给其他人

然后待在原地
只任由所有脚步从身旁经过

忏悔吧,让泪水滚出胸膛
我所有的轻浮与罪孽都将被铭记
也许所有罪人都愿意牺牲自己
为大家换取一辆出站的巴士

记忆

黄昏的路,走到尽头
他看到消失的河堤
天空怀抱着被风暴击碎的云
他迷失在云朵里
纱巾招摇坠落
泄露天使的足迹

每一条路都有拥抱和离去
每一条路都攘攘熙熙
他拾起一盏灯
他停靠在孤独的夜里
在这遗忘的牢笼
目光与记忆相遇

他属于记忆,他紧握一支
蓝色羽毛拼接的画笔
画笔映照着孩童的四季
他躺在自己的梦里
他静静观赏着愤怒
和熄灭愤怒的雨滴

灾难

玻璃在吱吱作响
房间就快塌了
这一刻,我想起一段
来历不明的旋律
充满着那样的
优雅的怜悯
但它使我快乐
使我拥有了
久违的自由
我看到飞离灾难的鸟
带走了屋檐滚落的雨水
雨水熄灭了一种火焰
喂养了
灾难后冉冉升起的种子
我看到黄昏的城市
那里有司空见惯的奔跑
脚步写就的剧本
高贵与肮脏的剧本
我看到
清晨和黑夜的眼睛

那是灾难之外的眼睛
充满了困顿与恐惧
可怜又荣幸的人呵
似乎永远逃不掉了
灰尘将掩埋一切
我也不再认得我
——一个普通的名字
只有满地的玻璃
陪我走向地狱

失眠

被疼痛划破的黑夜
盘旋着一群
从火焰中惊醒的鸟
孤独伫立的雕像
像玻璃一样透明

黑暗压垮一切
我看到裸露的灯
灯火是永恒的诅咒
旗帜,轰然崩塌
所有大脑将在此刻长眠

这里有其中一颗大脑
蜷缩在无尽的尘埃
我将被一颗星星放逐
我将融为尘土
在一片失去黎明的麦田里

青春

青春走过了遥远的路
直到——上帝醒来
把时间装进盒子
把我们装进同样的人生

第四章：陌生的孩子

陌生的孩子

我看见你哭泣

在一个

透明的早上

那一刻,怎么说呢

你还那么小

小得像童话里的插图

每个花园的十字路口

都会有风车悄悄转着

那是大人们悲伤的秘密

答应我

当你找回风筝

请为我涂满你喜欢的颜色

让它

能听到春天的声音

只是

我们都是时间的孩子

你相信吗

有一天你会长大

有一天,你会留起

令人心碎的长头发

在那美丽的时刻

一个男人将牵起你的手

在某个淡蓝的傍晚

吻去你眼角的泪水

你也会拥有自己的孩子

教她读书，识字

教她用粉红的双手

去触碰每一缕安静的阳光

我想

下次再看到你

童话般的眼睛时

我就不走了

把我的心埋在这里

用最柔软的草

给自己编织个可爱的坟墓

再装饰上很大的星星

我希望每颗星星的眼泪

都是婚礼上的珍珠

每个拥抱过它的人

都可以幸福

我会在此等候

每天的太阳，升起与消失

我们都是时间的孩子

村庄

河流对岸的村庄
像干柴堆在地上
倒影流淌在一双凝视的眼睛
只有一双眼睛
看到了昨天的雨水,
今天的河流
那是孤独的村庄

旅客脚下的村庄
充斥着意义和情欲的村庄
河水喂养了喜鹊与城堡
远方的故友
被流放在今天的稻谷,
明天的口粮
这是热烈的村庄

此刻,村庄停放在无声的终点
这安放着记忆的村庄
点缀着无用的魂灵

路

每个夜里

我都打量着那条路

看它怎么拐弯

怎么把每一缕温柔的路灯

拥入心口

我知道

拂晓的影子

就藏在天鹅绒般的云里

藏在一个方形口袋中

藏在我深信的

每一句谎言背后

就像浅浅的微笑

把白帆从港湾引向大海

每个夜里

我都打量着那条路

它永远知道，那么多

幸福与悲伤的秘密

守夜人

我独自走在黑暗里

没有影子,没有轨迹

没有交错的潮汐

和蓝色花瓣的神秘

只有我自己

翅膀是唯一的假想敌

我走进花朵的记忆

雨水没有荡起一丝涟漪

我看清大地的纹理

充满了深情的别离

我靠着扶梯

走不动了,喘着粗气

透明的玻璃画框里

倒映着浪潮般的呼吸

清晨

雕塑
瞪着双目凝视天空
也许它很难错过
每个瞬间的风景
淡黄灯光透出木墙
那是老人起床的信号
早餐店的卷帘门紧闭之时
他早已醒来

湖面微微颤动
在这平静的时刻
路灯像钻石一样闪烁
夜场走出的青年攥紧钥匙
脚步
一次次与视线相遇
雨水的痕迹
停留在湿漉漉的长凳上

鸟最先发现绿叶中的石子
播音员的声音传遍天空

闹钟的音符，接二连三
焦躁的情绪，缓缓升起
少年喝下一口凉水
苦涩的味觉使他不安
股民瞥一眼钟表
确认今天的日期

早班车姗姗来迟
应聘者运筹帷幄
天窗注视着西服与台词
湖面还在颤动
雕塑双目紧闭
聪明的孩子一边洗脸
一边回味着
方才走出的梦境

午夜

银弧向城市边缘生长
拱桥收起石阶

午夜奏响的安眠曲
绵绵无尽

强壮的机器在路灯聚焦下
如此软弱,苍白

蜷缩在脚下的种子
偷偷生长

贵妇梦到丢失的戒指
车轮滑向沼泽

电话亭里小憩的猫
被封条包裹

两只旅行箱肩并着肩
踱回它们臃肿的爱巢

雨季

星星的影子
藏在山谷和湖底
雨季，姗姗来迟
它顶着触目的先知
领取生杀大权

臃肿的蜗牛跌入沉默
衰老，恐惧
这是逃不掉的命运
在颜色消散的瞬间
它收起了老谋深算的心

镜子将阳光折向森林
雨水浸湿帽檐，穿过泥土
融入化石的血液
血液守护着一处
沉睡万年的魂灵

失眠

枕头是最深的海洋
在风平浪静的时分
我靠着船帆
侧耳听候
大醉的女人被扶上卡车

摩托轰鸣而过
孩童从梦中惊醒
黑猫在房檐踱步
世界通过声线牵连
工地吊车有刺耳的沉重

山崖隆起背脊
路灯摇摇欲坠
扫地的脚步出现
天际褪去嶙峋,这一刻
有人尝试逃出宿命

钥匙

我踏出房子
瞥见了一把钥匙
那是掉在地上的钥匙
它在昏黑的路灯下
裸露整晚

它看到灯火迷失归途
看到叶子在风的指引下
告别明天
月亮过滤掉险恶的楼道
大结局刚刚才被发现

白昼如期而至
季节在此刻迎来新生
钥匙回到寂静的角落
锋利的霞光叫嚣着
换掉我胸前围巾的颜色

黑夜终究来临

黑夜终究来临
人们凝视窗前
时光把所有故事
化为流星一点

雪人还未融化
月亮滚落脚边
大地停靠着音符
和发缕般温柔的琴弦

孩子珍惜的纸船
在音乐中搁浅
归鸟用心愿的蜡烛
燃烧孤独的闪电

在闪电划破的夜空
游子卸下锁链
一段灵魂紧随溪流
坠入卑微的长眠

消失——写于烈士公园

公园长椅上
安放着一株遗落的鲜花
像一个迟到的约会
或许有人会因为它的缺席
流下泪水
墓碑上铭刻的
是上一个故事的文字
好像一切都睡着了
除了
一口遗失在水底的古钟
它的秒针跟随波纹
带来了上个世纪的心跳

野鸽子消失在浮雕一角
黄昏所能触及的历史
都静静躺于脚下的泥土
它们被岁月埋葬
埋葬了宫殿，战马
憧憬，雨巷
埋葬了曾经的故事

苦涩与挣扎

爱情与流浪

诗节与怜悯

都像淡去音符的乐谱

丢失在悄无声息的角落

天空像一页老旧的手稿

渐渐迷失颜色

我想我忘了回家的路

一如时光的海洋里

来不及返航的船

英雄收起壮烈的桅帆

他只望看到

孩子们善良的笑容

人们相互微笑

相互祝福

山青如洗

没人记得这里发生过的一切

一切

都会像鲜花一样消失

工地

工地旁的树上
落满了尘埃烟砾
暮灯下蹒跚的野菊
背离了一切呼吸
如镜子般相视伫立

栅栏上拉满万国旗
人群攘攘熙熙
工程车呼啸而去
一种故事崩塌
又有新的王国建立

仓库生起锈斑
黄昏留下记忆
淅沥未尽的清雨
倒映着蝴蝶的翅膀
和远去春天的奇迹

春天将在一个蓝色的早晨醒来
藤蔓沿着黑夜垂到地里

在这永恒的坟墓
埋葬着卑微的幸福
卑微的叹息

村野

那是一颗没有熟透的苹果
守护着苦涩的角落

银杏树布满季节的年轮
像一座古老的王国

轻歌飘然而至
带来了童话里温暖的传说

霓虹拾起天空的镜子
将公主的城堡照满整个山坡

孩子赤脚踏过小溪
留下一枚黄金的花朵

叶子像书签一样摇落
将地平线的黄昏永远定格

那是没有熟透的苹果
守护着苦涩的角落

初夏的夜幕

初夏的夜幕

略显冗长

月光像褪色的锚

倒映着宁静与幽茫

蝉翼般飘散的紫薇花瓣

紧随漩涡融入风浪

将一段卑微的旧梦

化为英雄主义壮烈的远方

初夏的夜幕

成全了一路星光

星光默默守护着

岁月流淌

和襁褓般温暖的归航

此夜

此夜
我苦恋月色
古老而神圣的窗棂
曾目睹末日坠落
可怜,痛彻
怎样的竹篮
编织出怎样的故事
才能将苦难弥合

此夜
人们相拥别过
动情的离歌
被时光淹没
远方的微凉
令多少英雄掬泪
游子长吟
多少绮梦沦为过客

此夜
风琴奏响辽阔

泛黄的落叶铺满沼泽
海水吐出珍珠
掩埋了绳索
婴儿开始习惯大地的温热
开始习惯存在和死去
流浪和漂泊

此夜
风扬起雾
城市充满迷浊
迷浊的城市终于记起
一个伶仃的牧人
一位苍颜的老者
一页老旧的书签
一条蜿蜒的小河

此夜，千帆奔逐
草木凋落，此夜
衰老的眼神写满困惑
孩子不约而同地看见
世界一角，此时此刻
还有孤独的行者
在风暴中唱着
不屈的歌

夏天的清晨

夏天的清晨
坐在长凳上
森林里的歌声
使我辨清了方向
时针和早起的人们
不紧不慢地走着

色彩缓缓涂满步道
远方飘过的游云
轻轻消失在天空尽头
阳光咀嚼着
昨天的星空，今天的雨水
将一段记忆娓娓道来

把所有记忆归还自然
读一行字，留下祝福
草木自由生长
一种生命开始萌动
我偶然目睹了一切的归宿
在这个夏天的清晨

儿时

有个瞬间
我将回到落寞的儿时
回到模糊的走廊教室
我也记起了
曾经玩伴的模样
记起了每个人的名字
他们挺身站在乒乓桌前
我甚至记得
他们各自发球的姿势
我找到旧时的屋门
熟悉的气味扑面袭来
藏在床下的玩具坦克
伫立得格外顽强
像刚完成一次恶战
疲惫却令人胆寒

电话铃如约响起
我静默心神
细耳聆听
每一段铃声

水塘

许久之前

我家楼顶有个水塘

杂草丛生

又宽阔异常

我时常想起它

便上楼踱步、观赏

每当朋友来访

我也极力想起它

那个总被遗忘的水塘

那个模糊的水塘

我向朋友们炫耀

同时一再笃定

那片水塘存在无疑

也只有我知道

水塘里有个怪物

因为我曾隐约见过一次

它硕大身躯

目光凌厉

每当我只身上楼

我便希望又害怕见它
它令我矛盾
我想强迫自己跳过水塘
诱它腾空而起
咬住我的腿
如此我便能看到它
看得真切

然而我始终没有勇气
完成这一跃
我甚至觉得水塘在变宽
变得越来越
不可跨越
我站立水塘边缘
任它嘲笑自己看不真切
我心力交瘁
日日盘计亦无可奈何
唯有不再上楼
不再炫耀那个水塘
忘掉楼顶的一切
好像它,从未存在

我在笔记上写
一个普通的居民楼顶
怎么会有水塘

港口

船泊在港口
摇晃着蓝色影子的
海洋
它将壮丽的文明埋葬
被拱门遮挡的目光
在温暖怀抱里走向礁石
走向谎言
走向寂静的远方

风停在港口
等待着灰色鱼群的
死亡
它们被自己的寓言流放
突然英雄登场
在黑暗窗户上留下布道
留下自由
留下昨天的月亮

第五章：城堡

城堡

我是个失去记忆的胖女人
在陌生的城堡里推开一扇扇门
我和每一个人说话
却只听到自己的回声
我点亮一团火焰
扬起了古老的埃尘
那是静谧的城堡
那是棕色的黄昏

我认出了我的养女
她有雪白的赤脚和衰老的眼神
她凝视一张餐桌
餐桌上是我的全部人生
我用长剑赢取面包
我用文字厚重灵魂
而今我失去了一切记忆
只有城堡中肥胖的身躯

我看到人头攒动
目光里不断有人跌倒

我读到熟悉的名字
记忆开始涌入心跳
我的眼睛正在变大
身体却在缩小
我的目光穿过了攀比与爱恋
双手却够不到灵魂和面包

餐桌开始不住旋转
欲望被火焰焚烧
记忆只是记忆
时间沾染衣角
白纸抛出一束路灯
映照一段卑微与徒劳
这是充满罪恶的冥夜
这是一无所有的城堡

清晨的路

清晨的路
一张广告，惴惴不安
门铃打破寂静
心形的河流波纹未泯
蚂蚁吮吸着
堆满花篮的月光
陌生人拿走一瓶蜂蜜
橱窗里，有祝愿的字条
秒针拨乱空气
古老的镜片紧贴玫瑰
风，吹来所有命运

清晨的路，格外漫长
人偶随着单车的节奏
眨眼睛

遥远

柳叶,悄悄淡去色泽
划伤雪白的湖面
春天很遥远

信封,遗漏一朵花瓣
在那不属于玫瑰的角落
爱情很遥远

游子,停留在无声之夜
紧贴寒潮的柔软
归程很遥远

镜框,卸落一缕尘埃
那里有发梢困顿的目光
梦想很遥远

晨风,如约停在窗口
像褴褓中安静的双眸
老去很遥远

戏

趴在阁楼上,看一出戏
仔细观察
舞台上的一举一动
将所有误解抛于脑后
让思绪沉入剧情
置身事外地,观察
一幕幕欢愉和悲愁
就像挂钟般平静,就像
阳光的奔走
总是能去到
灯去不到的地方
使温暖触碰到一颗心灵

心灵走过颤颤巍巍的路
如钥匙般缓缓解开答案
越过时间的包围
我也看到了自己
以及莲池中苍白的影子
把梦魇归还舞台
任凭幽灵般的脸

吹散所有骄傲
此时白鸟飞出剧本
它闭上眼睛
把自己想象成一颗
不会落地的雨

吊钟

怎样算是告别呢
为了壮烈的理想
还是一块孩子口中
甜甜的棉花糖
好像一切都
不再自然和畅
像闪烁着远去的星辰
或是英雄们不屈的胸章
也像一双温热的眼睛
被时间拉得很长，很长

时间灌溉了无畏
残酷永远夺不走白夜的光
倒下的铁马
在泥土的呼吸中泛黄
又一个严肃的秋天融化了
多少未来被孩子向往
自由被涂满颜色
血液将脆弱聚成锋芒
锋芒狂傲地挑动着那些

被大地深埋了一百年的心脏

承认吧
没人能见到夜里的太阳
没人能在匆忙的舞台前
放肆歌唱
黎明带来一切
又将一切送入终场
人们那样离去
忘却还在生长
唯有这吊钟,始终占有
依旧尊严的华装

逃跑

白色箭头指示着
通往自由的方向
无声的集中营里
有人在逃跑和反抗
我停留在每一个拐角
就像被箭头流放
路越来越窄
空气愈发滚烫
我一个人,一直走
盲目而又慌张
我紧握衣服一角
袖口如旗帜般飞扬
墙上涂满了
花白的头发和教诲的篇章
灯影闪烁无常
终于,道路变得宽敞
白色箭头消失于朝阳
一个孩子站在前方
我永远记得
记得他西装革履的模样

圈套

很多年过去了,墓穴
依旧保存了恐惧的味道
文字消失了
只有低唱与祈祷
沙漏从餐桌跌落
晚风带来远方的歌谣
房间安放着刺刀
士兵端坐墙角
尘土向一个方向生长
飞鸟搭起肮脏的爱巢
黑夜吞没赞美
烛火还在燃烧
床下小憩的老鼠
将被一束手电,
引入猎人的圈套

笔记本

河流向梦境边缘生长
铅笔，勾画出尖利的封面
和卑微的思想
笔记本躺在单车上
透过镜框
观赏着星星的辉光
它对着漂浮的灵魂歌唱
它不敢招摇离场

每一粒珍珠都光芒万丈
每一盏烛灯都独来独往
星星被镜子遮挡
人们回头凝望
孩子手中泛黄的船桨
唤醒孩子的只有朝阳
他拾起铅笔
在笔记本里描绘远方

散步

他习惯在晚饭后散步
因为白天走路的机会很少

他乐于欣赏傍晚河畔的样子
即使了无新意
他也乐于回忆一天的生活
地铁、电脑、行走、食物
那是普通的一天

普通令他舒适
他反感特别的日子

通勤线上还有下班的人
他清楚,不少时候
晚饭时间可以轻易推迟
有些人甚至不吃晚饭
或者只吃水果
为了有个漂亮身材

他也听说只吃水果并不减肥

他被谣言和真理环绕
同时庆幸此刻不用做出抉择

天色的变化愈发清晰
老人们总在同一个地方跳舞
看上去精神抖擞

他想起自己衰老之时
那是二十年后
这里还会否有人跳舞

今天，他还想起了另一个故事
那个故事发生在二十年前
那时候的人们还习惯于
把电话号码写在一个本子上

风筝

风筝穿行在六边形的世界
鸽子还未睡醒
画中的葡萄
永葆成熟的身姿

风筝去到的远方
总是带来微妙的预示
一如儿时课本里
潦倒不堪的文字

风筝听闻大海
总有人在大海靠岸
在无比陌生的际遇里
经历一生的往事

风筝拾起一切面孔
音乐流亡到此
飞翔的面孔肆意挥舞
一段遗忘许久的歌词

建筑

我停留在秋天的黄昏
那个温暖的黄昏
没有一艘归来的船舶
我敲打每扇门窗
仅有的回应
是烛火的脉搏

没有一艘归来的船舶
港湾里的人们
用文字喂养恋人
用蜡烛装点漂泊
只有建筑，只有建筑
还在回应一切语言
回应一切沉默

台阶

没有证人
一切故事和脚印
都被它藏于心里

台阶开启的城堡
永远背对天空
天空拥有无尽的记忆

台阶的缝隙
遗忘着一枚平凡的分币
也许台阶建在分币之上

清晨的露水像雪一样纯净
台阶记录着
每一个碌碌无为的瞬间
和方才逝去的长夜

长夜的台阶
比白天更有生命

紧张

我隐隐地端坐教室，面对黑板
看着老旧的面孔玩着新潮的手机
我同时注意到手中数学课本上
一半是文字，一半是插图
我敬佩设计师的良苦用心
同桌姗姗来迟
还是我印象中的模样
我紧张地计算着毕业的日期
计算着还能与她相处的日子

我游走在每一间宿舍
不停地走，紧张于寻找
每一张我认识的面孔
问他们问题，和他们说话
询问他们是否也认识我
我也留意那些不认识的面孔
分析他们谈吐的表情
为他们的骄傲而幸福
为他们的落寞而哀伤

我走上充满房间的铁塔
推开每一扇房门,看到破旧的装饰
边间让我联想到诡异
一个男人独自吃着蛋糕
我说了句生日快乐便转身离去
不远处我看到自己的行李散落满地
自己的房间也必在附近了
我小心凝视门牌上的每一个数字
紧张地想象,屋内的每一处细节

洞穴

石头的洞穴
感受着风的味道
习惯黑暗的焦土在此刻
光焰闪耀
年轮也在尘埃中
跃动起心跳

日复一日,日日夜夜
饱受冷落的稻草
将温暖送入洞穴
让羽翼再次被拥入怀抱
载着那一缕多年的白发
飞去远方的沙岛

雨后的洞穴,有着逶迤的容貌
它将影子归还风暴
或是赠予歌谣
终有一日,当雨水填满衰老
从此永别了洞穴
永别了,流浪者的城堡

道路

孩子扔掉糖果
他学会用目光控制一叶扁舟
扁舟缓缓驶过
干涸的花园,寂静的城楼
棺木延展为道路
一个女人在道路中央缓缓梳头

女人那灵巧的手指
总能在黑发里找到出口
那是包围阳光的黑发
阳光在指尖梦游
此刻的歌声坠入深渊
此刻的记忆无比和柔

深渊里的歌声惊醒了猛兽
它在黑暗中咆哮着奔走
走向女人的黑发
走向消失的河州
走向棺材延展的道路
那条道路没有尽头

海洋

在孤独的木舟上梦游
逃避阳光的追捕
星星吐出蓝色的泡沫
一对恋人在天堂耳语

在海洋的褶纹里迷路
每一个漩涡都贴满蜉蝣
无边的钻石将天空映成蓝色
极光在记忆中熠熠生辉

从鲸鱼的嘴里醒来
又被吸入另一个肚子
水流从头顶倾下
来时的路被冲得了无踪迹

在最窒息和绝望的瞬间
接受一份馈赠、怜悯
将诗文烧进胸膛
让身体吞没于蓝色的火焰

火焰依旧在脚下生长
大海裸露最初的森林
风暴将在傍晚来临
九十九双老人的眼睛
被萤火虫包围

恐惧

他恐惧故事
故事垒起森森遗迹
遗迹之上,总有猛兽严阵伫立
随时准备让所有疲惫的魂灵
跌落原地

他恐惧名字
名字经历漫漫长路
终究磨灭于卑微的脚步
在幸存者的记忆里
天使永远深藏痛苦

他恐惧夜晚
夜晚拉长了所有生命
此时的月亮在熔化、坠落
伴随一阵惊叫
世界将再无光明

他恐惧声音
他听过粗鄙的声音

也听过善良的声音
只有一种声音开启了上帝的城堡
城堡的颜色被装进失明的眼睛

房子

我寻找一个房子
门前,有条小河静静流淌
流入了远去的暮阳
远去的暮阳
把金黄的土地拥入怀抱
某间窗户
被装饰成蝴蝶的模样
屋顶是唯一的通道
火红空中,有级台阶
通往寂静的远方
这让我感到安心
我的目光,我的思绪
终于有了归宿
沿着河流
感受着熟悉的空气
我知道每一棵草的名字
就像它们一直伴我左右

我寻找一个房子
虽然从未来过

我却笃定

这就是家

公园

公园静静躺在黄昏里

像刺目的宝石般

一尘不染

晚云将愿景,垂向

波光粼粼的湖面

在这透明的时刻

天空俯身亲吻

每一个困倦的眼神

游子踏上熟悉的路

忘却的曲调充满空气

孩童记忆中

只多了一尾忧郁的草木

信封,承载着远方的光阴

所有来不及回家的祝福

都在这里

被一遍遍聆听

白鸟抖落一段羽毛

那是歌唱和旋转的羽毛

台词，不再千篇一律
沉重的心跟随公园走入黑夜
走入黑夜，那里有
所有幸福与不幸的脚步
月亮的乳汁
渗入大地深处

第六章：古典诗

五律

行舟
踏浪尘纷远,云歌过晚峰。
繁星生柳岸,细雨落孤篷。
归鸟花间月,行舟江上风。
天涯何所羡,鼓棹一渔翁。

斜阳
镜水孤帆远,澜山柳絮长。
朱楼绝北雁,紫霞落东江。
岸浅霜离鬓,云深洒满觞。
渔歌归几处,细雨送斜阳。

元夜
元夜清樽过,今夕似往夕。
霜寒湿绿草,月冷浸白衣。
客远千山默,天遥一岁离。
风尘杨柳道,灯路旦相依。

宏村

碧树风欺柳，朱楼雨踏檐。
花廊灯易满，镜水月难全。
紫扇疾书落，青石慢步闲。
流年催客远，咫尺燕湖间。

秋水

南窗动海棠，北雁送扶桑。
夜扫松风淡，晨熏草露香。
山遥梁上月，路远雨中江。
落木横秋水，不禁愁满肠。

长街

岁短闲中坐，街长醉里听。
华灯悬柳岸，雨燕坠松亭。
彩夜嘈还寂，朱帆顿复行。
未临千里月，旦览一风清。

行客

顿雨催风冷，涎香绕指柔。
清泉拂暗柳，镜月照朱楼。
旅燕还相落，离人各自愁。
江峦行客夜，灯树倚轻舟。

行舟

雨打蜀江红，灵霞挽玉弓。

行舟独百里，晚磬复千重。

客路天将暮，澜山意正浓。

今夕楼畔月，概与故时同。

轻笛

寥落阑窗坐，梅香染梦华。

飞鸿平玉雪，冻雀走寒沙。

灯去霜垂地，月来风满涯。

轻笛逐柳陌，夜半起谁家。

离酒

落木轻风夜，江峦倚北辰。

今别知路远，酒过叹秋深。

私语传霜月，离杯添晓痕。

青锋知我意，涕泪旦相闻。

东澳岛

邃岸烟帆过，风弦似羽纱。

流光疏细雨，雪鹭坠苍霞。

幽院知天晓，微阁叹海涯。

岛深芳草默，陈迹倚残花。

山行

层峦催雾满,尺水映云低。
暮雨扶衰鬓,澜风浸客衣。
阶长横地骨,柳淡唱天鸡。
海日归何处,行人亦自迷。

西樵山

西樵山月满,碧水透人衣。
暗影花枝并,残灯草露齐。
梵钟生柳陌,古寺下竹溪。
玉盏风楼夜,琴筝伴酒旗。

韩文公祠

雾起笙何处,微阁顾自吟。
风轻出柳陌,雨细入松林。
晓梦驱尘路,寥书奏客心。
韩公祠尚在,愧此复登临。

客居

江峦微雨默,灯渚自云舟。
旷野生新月,城郭下晚秋。
丹心今岁在,素志旧时休。
复饮千杯醉,凌霄未可留。

南昌瑶湖

路远知人静,风尘入桂香。
步移闻水动,目伫望秋长。
落燕摇寒树,柔波盖暮阳。
阑珊孤影默,浮草戏鸳鸯。

闲坐

风平意未绝,云岸两茫茫。
弱水飞寒月,重山卧冷霜。
客遥堪辗转,岁暮自彷徨。
闲坐消身事,词书度日长。

江畔

素浪卷轻舟,轮笛锁客愁。
云霞结万里,雨雁落千秋。
风月催云鬓,经年渡海楼。
无心驱鄙事,日暮酒存喉。

夜曲

岸远风方尽,舟横草未衰。
江潮东水绿,雁影玉霜白。
宿客帘中醉,华灯月下哀。
一闻长夜曲,路与共徘徊。

晨钟

青帆弄海潮,紫燕踏云谣。
冷月堪萧瑟,平生多寂寥。
人回风满雾,舟去水无桥。
岁晚初阳在,晨钟奏半霄。

深秋

绿水倚深秋,轻风动画楼。
日斜飞众壑,雨细落孤舟。
杯尽灯方在,歌遥夜未收。
沧溟犹浩渺,人世欲何求。

送别

雨细染青衣,霞长挽紫曦。
尘香薰碧草,柳絮衬金堤。
曲水犹帆影,回风伴酒旗。
春华搏此醉,客去更依依。

晚春

暖日平烟渚,霜云绕暗林。
风吟隔柳色,舫咏动弦音。
伫目空阶旧,寻声陌路新。
未觉春意晚,不负此登临。

七十二烈士墓

寥落尘嚣远，凄清黯柳高。

长歌疏淡酒，暮雨纵风谣。

秋去如浮月，冬来似海潮。

云台花向晚，君与共寒宵。

七律

秋夜
云连曲陌照如虹,雨卧辰星望似空。
花镜一池横杳渺,曛烟万缕绕葱茏。
灯霜阁下兰香淡,柳月湖间秋水浓。
瑟瑟沧波催梦远,朱帆不见碧流中。

滕王阁
滕王阁殿故枝横,客路苍茫壮气生。
翰墨云书垂皓壁,栖鸦蓬鹤走朱灯。
悠悠镜月千秋梦,朔朔澜风万里征。
鼓角康山尘迹处,鄱阳水畔酒歌声。

河洲
霜红九月漫浮休,且倚瑶樽醉染愁。
半纸尘涓千籁默,一席风月万山秋。
流连细雨催云动,自在繁星入梦游。
历世奔逐天子庙,安知寂寂小河洲。

秋夜
浮香杳杳自秋莲,暮色迢迢入北天。

雨漫松梁云似海,灯垂柳陌月如弦。
歌台水去无还日,舞袖花来又少年。
过尽澜风横碧酒,楼方曲半夜方眠。

台风

水滚千蛟新海角,风嘶万马老潮头。
苍山卷雨携浮月,邃岸横雷堕画楼。
草木煌煌如地火,烟沙浩浩似狂喉。
幽帘日起音尘寂,过尽云帆衬叶舟。

江渚

笛收江渚如夕露,月起危楼似梦华。
木叶回风疏淡柳,尘烟飞雾坠浓花。
灯随草野齐红浪,路与秋山共彩霞。
冷雨半身东水逝,旧云隔岸对渔家。

古寺

雨过苍山行古寺,风回簇叶试新茶。
渺然秋水潇湘曲,半幕幽云满路花。
落日千寻平地角,黄昏数点自天涯。
长灯漫漫尘嚣默,对饮澜松伴羽纱。

行舟

连岸横云霜北天,倾台冷月锁秋烟。
千层浪涌出寒渚,万里歌轻入画帘。
细雨风急花下过,行舟客远酒中眠。
空游霄汉身如海,何意轮笛坠耳边。

秋山

秋山暮雨晚人家,叶簇灯楼影自斜。
路卷松涛横北斗,林生谷水染霜华。
将行苍壑清风月,应羡疏蓬淡酒茶。
寥落客身何处是,曲阑幽草对寒鸦。

烈士墓

幽庭路远晨风淡,百里莺歌复此游。
独立杨花垂紫榭,双飞柳燕下朱楼。
烽烟鼓角流星马,水雾琴筝木叶舟。
寂寂穹碑今尚在,流年不尽客白头。

惠州西湖

灯涌鹅城意浩茫,幽湖雨过动群芳。
莲池叶落澜风淡,舞榭歌传柳燕长。
古木青峦松百尺,新堤翠岛月千塘。
东坡水色今犹在,舟逝笛横夜未央。

望乡台瀑布

望乡台瀑烟云暮，碧水千钧挽玉塘。
岸谷天涯疏窈窕，悬河咫尺泄微茫。
风游虎壑催松劲，雾起龙潭促柳霜。
客鬓无言春意落，只今余此叹夕阳。

三峡

长松百尺风方劲，玉露千般意未休。
远去朱帆十里月，归来紫燕一山秋。
灯拂地角新阡陌，雨暮天涯老壑丘。
澹澹江波临此顾，猿吟不已水东流。

客居

清眠百梦春如玉，醉卧千寻夜似空。
阑外山痕出晓月，庭前柳迹自晨钟。
客衣孤影生帘上，梁燕双身入画中。
津路悠悠人且去，芙蓉常落水长东。

张掖怀古

宫帷舞袖迎阁殿，酒市歌梁送晓昏。
边柳连天风满夜，故楼咫尺月临春。
萧萧杏雨功臣墓，落落梵钟帝子魂。
铁马轮台今尚在，愧吾残剑对清樽。

平沙岛

行舟柳畔倚白帆,岛默潮平镜水蓝。
断雨一帘催暖日,长云十里淡樵山。
忽闻卷地惊雷过,但见垂天北雁还。
瑟瑟余波临此顾,似吾心事自非凡。

醉卧飞楼

醉卧飞楼夜未央,飘蓬万里漫扶桑。
灯拂柳岸接天野,月染星河盖地苍。
露雨萧萧新巷陌,风尘寂寂老辞章。
轮笛一曲秋霜落,但使离人泪满裳。

越王台

寂寂灯霜斜雨外,萧萧草木大江哀。
烟随东水王侯事,云卷西风虎将才。
万岁千秋堪落寞,百无一处此徘徊。
风尘几度嗟如许,岂但南王舞剑台。

五绝

归鸟
镜月寒江满,飞烟寸断篷。
云书别此故,归鸟踏秋风。

秋雨
木叶坠夕阳,苍山盖玉霜。
别来方数日,秋雨意还长。

碧月
碧月彩云中,飞花处处红。
凭栏香去晚,未语意先浓。

柳岸
柳岸横初日,澜风浸客衣。
花催梁燕去,误入小河西。

斜阳
鼓浪卷疏狂,江横暮野荒。
风歌愁弄雨,岸浅送斜阳。

江畔

灯楼绿水平,柳月衬丹青。
暮鼓侵云鬓,不羁风雨行。

黄昏

细雨携归燕,蔷薇落酒村。
一闻花雨笑,何意半黄昏。

月湖

玉盏孤风落,清林奏雅弦。
柳长飞燕处,万里月湖间。

归人

暗柳绕青门,苍波倚远村。
残霞绝北雁,曲陌一归人。

浅春

妆楼流水碧,玉露半黄昏。
翰墨宣何处,澜风落浅春。

风暖

风暖枝高月,星河坠远山。
独闻帘雨乱,书此意千般。

客居

月半凌栏默,烟横木叶舟。
愁听风雨乱,未尽客白头。

秋夜

醉卧游云暮,孤槛雨未央。
风亭添柳月,一叹素秋长。

江渚

江渚雨霏霏,云歌送紫薇。
帘灯携柳陌,复照旅人归。

夜曲

青灯临晓月,素笔卧寒轩。
君望知何处,曲深应未眠。

送别

幽湖绕斗星,柳陌似波平。
暮雨携风月,随君复远行。

独坐

柳岸掬轮月,长天卧斗星。
夜幽琴未已,独坐一灯明。

旅人
车马逐尘去,廊桥渡晚舟。
灯残垂暗柳,独照旅人愁。

客行
舟车遥万里,霜叶路痕清。
唯伴临江月,时时照客行。

秋曲
摇枝横柳月,鼓瑟入云天。
一曲别无日,声声入旧帘。

秋寒
秋寒素月初,岸影有还无。
雨打关山雁,方知木叶疏。

春夜
草木走飞星,烟轻江欲平。
幽幽风簇月,散落满园情。

子夜
子夜嘈嚣尽,城郭盖月钩。
灯残飞雨处,孤影对西楼。

七绝

寒蝉
落落霜薄花暗处,幽幽夜满月明时。
寒蝉尚报清秋早,不问红尘岁月迟。

皓月
皓月烟尘百影长,伶灯风雨大江荒。
萧萧水远篷舟近,横卧孤阑夜下霜。

春怨
百里霜霏盖雪尘,璃灯玉盏画眉深。
念君不问东风往,犹作天涯客路人。

飘蓬
独立幽阑狂浪起,芙蓉水畔漫飘蓬。
连峰蔽日相逐尽,不落苍尘遍地风。

卓尔山
曲水横云草木齐,寒酥咫尺染晨曦。
河山杳渺长风落,旦使青葱溢翠滴。

江夜

灯回风暖绕云柔,月染歌台影自悠。
柳岸横笛舟万里,沧波不尽对山流。

孤阑

伶仃落木晓风寒,空对东江半月弯。
雨默灯残人尚在,烟波岛畔一孤阑。

大江

百尺悬亭客雁长,澜松北顾大江荒。
云峰叶满秋风暮,空尔篷帆作断阳。

江舟

漫野轻歌水外秋,阑灯半缕倚危楼。
寒霜一夜扶薄日,未扰东江月下舟。

初春

飞花柳陌云涛尽,落木莲池雨点来。
夜暖风幽催百媚,兰灯暮影共徘徊。

江村

风回叶下添秋意,雨打帆青锁客魂。
月染行舟千影暮,沧波万卷过江村。

衡山

横云半幕晚来秋,皓月千樽醉染楼。
水暖风轻杨柳默,空山一曲自天洲。

清风

雾起重山盖北星,林生曲水让流萤。
兰灯一盏花枝叹,散入清风满画屏。

蝉

林幽岸浅声堪碎,日暮风轻影自斜。
但为离人鸣树暖,不期春燕走繁花。

春怨

黄昏雨榭北风寒,拟上烟楼眺玉关。
岸柳朱杨月万盏,知君何夜照人还。

松庭

尺水花飞衬柳荒,层山叶落卷秋长。
风催冷月逐人去,醉卧松庭一指香。

春湖

曲水回澜横柳岸,莺歌传絮卧云湖。
风催舟去花间晚,占尽珠帘却也无。

龙水湖

离离柳色对银钩,瑟瑟松涛自碧楼。
落日千樽峦未尽,霜横水北百十洲。

黄山

万壑垠崖草木浓,残阳未已碧潭空。
七十二页云峰暮,尽染层峦十五重。

秋夜

水过斜阑映雨沉,花飞曲岸锁窗深。
江帆夜暖秋风默,不落长天一尾尘。

春山

落霞流水暗幽兰,掩面芙蓉未可攀。
人去春回花又落,当时柳色暮风寒。

弱柳

酒歌一处翠堤迟,细雨飞楼染鬓丝。
弱柳不随春水逝,且同烟月立多时。

客居

曲水横溪风月乱,澜山雨透影幽长。
骚离浑腹书何处,唯尔烟波伴杜康。

日暮

日暮澜山添紫燕,堤围曲水漫江声。
酒歌一处舟如画,送尔斜阳伴柳生。

夕阳

长烟易冷玉簪黄,草木萧寥碧水苍。
雨落孤帆疏远影,半城风露伫夕阳。

客居

百转苍笛送客闻,方知别路似秋深。
一庭西散东零月,不照北来南去人。

黄昏

危楼帘动老风尘,曲水云横青柳村。
雨扣斜阳千百寸,轻鸿作伴落黄昏。

醉卧

云催冷月染珠轩,醉卧东风意未眠。
路转青溪生柳岸,灯临晓看雨如烟。

芙蓉江有感

芙蓉江雨绕涟纹,未尽斜阳又遇春。
一叹风尘何处老,断肠犹不为佳人。

佛光岩

雨瀑潇潇飞陡壁,霞光寂寂动尘烟。
空山一曲苍云侧,送尔凌波旭日边。

幽湖

轩窗细雨映眉痕,路与西楼共夜深。
月满幽湖松影顾,从来灯树伴佳人。

古刹

古刹幽帘疏细雨,飞花玉盏倚阑听。
繁霜冷雾逐人去,犹伴残灯照月明。

嘉陵

雨幕阑干柳絮飞,楼台新燕伴春回。
烟波千里嘉陵月,犹照离人带梦归。

晚秋

暮雨歌台月满楼,孤帆不下画中游。
苍兰寂寂江风落,咫尺烟煌作晚秋。

客居

连天风月暗西楼,羁旅经年百事休。
独卧幽阁闻细雨,落花不尽故人愁。

花落

鱼浮曲岸对江楼,人向城郭各自秋。
花落不识萍水意,故携风雨作东流。

暮雨

绣户阑干尺半松,琼台将暮万山浓。
城郭百里添秋色,付尔烟楼细雨东。

古体

将进酒

昔闻陈王平乐宴,斗酒诗篇旦覆杯。
何不揽樽酣云殿,青天拂上断雪辉。
夫共饮,鼓笙吹,扬帆跃马斩风雷。
浮生如露朝夕落,逝水依前送翠薇。
唯与壶觞酌明月,安知寂寂羊公碑。
神忽目眩鸾凤叫,柳陌城郭俱崩摧。
贤圣宏词今犹在,万方登颂空泪垂。
相思远,羽帐灰,将进酒,莫相违。
佳肴玉液君当尽,鼎肉腥鱼鲜且肥。
递盏金波凭昨梦,歌尘涕泗伴絮飞。
摇枝踏雨堪一醉,尝忆几回客扶归。

疾风

晨宵惊雷人初望,剑气如雪昼如霜。
玉山淡霭凝不泻,连天松月御锋芒。
须臾雨瀑江涛怒,动地苍龙瑟未惶。
断虹一处添北雁,路满城郭共秋光。

酒深闻琴

酒徐客散灯渚暗，一闻丝桐起平关。
独倚庭阶临栏顾，寻罢倾耳步蹒跚。
松峦寂寂歌舞地，余此冷月寸蓬帆。
幽帘斜雨疏野寺，音尘空啸子夜寒。
私弦如水润流苏，霜凝烟露动微湖。
急弦如箭挽劲弓，横刀未绝锁秋风。
铁马冰渊撩银胄，气腾凌霄对君弹。
锦凤鸾阁同痴塞，复揽余樽对君酣。
郁弦如丝飞云髦，雕梁赤栋苍无色。
沉弦袅袅蓦断弦，百里涛肃悄无言。
蓬莱西阙侍何往，唯作仙乐盗灵丹。
曲终愁半拂掩面，烛挂冷眸泣印斑。
夕抢青锋梦日边，故承帝京识圣颜。
不羁客心沧海事，愧吾谈道书剑残。
犹此弦吟堪追忆，凄落衣冠欲语难。
岂无琴瑟逐飞镜，渡我胸襟意千般。

朝天门

木叶萧萧灯雨长，烟寒万里入重江。
岸柳不识秋意晚，犹送孤雁过夕阳。

武侯祠

日暮锦城琴犹甚，风霾百尺绕角门。
古祠寂寂催客默，云歌寥寥盖青坟。

伊周尽敝苍生切，关山萧零帝子魂。
卧龙岗潭松涛烈，一拜王师驭乾坤。
剑锋遥驾千军阵，羽扇斑驳秋复春。
五丈原野铁马肃，自古英雄叹黄昏。
念吾何处悲身事，但坐此亭哭老臣。
孤雨楼台西风落，不独烟月了无痕。

黄山

九月涛声催画屏，烟波桥头与耳听。
淡阁笙起葱翠处，鸟坠丛涧动丹青。
柳暗阶长平朱殿，尘香树满挽玉京。
峰回百尺霜烟渺，路与旌旗下北星。
落日千重绝松韵，流霞万卷悦溪音。
卧龙潭谷生幽径，红雨一风漫天林。
悬瀑咫尺临鸢鹤，碧焰湍急复侵心。
激水连壑扶穹宇，飞石横空伫瑟琴。
澜山古寺深如月，云壁修竹盖紫庭。
如来咒，倚栏听，悠悠路远覆且倾。
阅罢苍黛七十里，一闻清怨不胜情。

过贾谊故居

太平古道嘈嚣远，长沙傅祠素尘新。
潇湘百世犹昨梦，雨垂七月客登临。
词才浑腹惊神鬼，运握八荒盖万军。
肝肠百寸吊屈子，尺半简帛贯古今。

楚王功成毙红袖，可堪前席识圣心。
狂歌惟饮龙阳恨，极目天涯日已曛。
旦作此身报君死，宣室空馀雍门琴。
寂寂雕梁秋尚早，犹怜鹏鸟落青云。

酒作

日暮雨悠悠，风歌酒在喉。
百尺垂云过，秦关几向秋。
修竹临客鬓，尘纷欲何休。
生涯百战今，苍波尚东流。
请君更深斗，且暂辞牢愁。
韶华终不复，青山门外楼。
欣言天下士，笑语万里侯。
芳声托仙鸟，遥寄凤麟洲。

大雁塔有感

昔日天都遁何处，待入慈恩寺中寻。
宝殿尽听风吹雨，旦上层楼现孤星。
孤星尝向人惆怅，梦里黄昏道秋凉。
十三朝去花又落，却留梵钟绕指长。

酒作

书剑尘嚣非吾志，难得笑问碧海间。
向来踌躇以何去，似拟金樽质北天。
醉卧深宵缘古意，流光素影触华年。

人生自许多豪宕，幸识诗酒慰寥轩。

记于梦中

夜闻幽笛湝然来，碧波月澜影自开。
孤枕风急频入梦，青雾欲迷独徘徊。
钟鼓瑶瑟漫双耳，桃花带香卷浮埃。
曲流溪畔吊仙袂，突转星河千丈白。
万马奔逐摧云鬓，虎蛟声嘶侵蓬莱。
遥见朱雀刺天霾，一阅烛龙轩辕台。
九霄鹤遥悬长剑，移樽翠微宫下埋。
连峰雨绝音尘默，空留寂寂凤凰钗。

庐山

丹曦衬日闲，晓月索秋千。
皓夜托清雨，香垂杨柳间。
凭轩苍宇阔，极目宏湖纤。
屐齿临幽径，飞花坠瀑泉。
翠微生邃谷，碧水动庭轩。
雪浪压云树，龙潭映鹤天。
拂衣踏草去，晚叶卧青莲。
无限尘纷事，梵钟送客边。

龙象塔

青秀山溪烟如月，云霓百曲雨惜辰。
邕江水暖柳拂面，龙象塔楼注苔痕。

二层三层凭峦尽,四层五层御松门。
六七八层遥不见,幽风千尺起涟沦。
层层宝塔皆春色,岁岁天涯万里人。
极目飞檐花枝并,流霞落雁入空沉。
苍穹未已孤峰默,于此残阳于此闻。
念吾今别尘路晚,支公诉尔羡君深。

古寺

柏叶莲台痴人泪,未临如来凡宇休。
一诉天下不平事,莫负明月空照楼。

酒作

轮台风雨朱颜并,醉倚阑干叹酒清。
梦里杨花飞玉镜,沧波万卷一灯明。
旦临子夜掬寒月,未已胸中事不平。
复揽余樽霜鬓满,西楼莫问少人行。

旅夜

孤云夜有寐,窗幔雨无痕。
庭宇松篁默,梵钟久复闻。
轻帆携断雁,曲水绕荒村。
山壑连幽径,伶灯照归人。
琴筝传柳岸,沧波啸重门。
烟寒琼阁幕,霜冷燕舟横。
经年如残梦,唯作岁月尘。

曲终人犹在，寥落一书生。

春夜
四五辰星落雨弦，犹似玉弓卧长天。
空山孤悬月千里，独照笙楼夜不眠。

山深
山深虫鸣动，一诉尘世忧。
遑遑终日尽，月半百事休。
落花长似雨，犹作水东流。
幽兰香销尽，未却故人愁。

忆秦娥·娄山关
飞雨切，峦阁峰咽驰丹阙。驰丹阙，娄关半倚，断碑残榭。

雄门寂寂今如也，万方登诵临霜月。临霜月，清樽灯缕，酒阑风烈。

后记

　　《冬季的旅行者》是一部诗集，为个人作品集合，收录了现代诗九十余首和古典诗一百二十余首。现代诗部分分为五个章节，体现了作者对于奋斗、生命、死亡等主题的思考。古典诗部分分为格律诗和古体诗。

　　在现代诗部分的编排上，作者将不同时期、不同风格的作品混合编排，故可能会导致前后诗作风格不一的情况。古典诗方面，本书采用作者自身的学习顺序进行编排，分别是五律、七律、五绝、七绝、古体。需要用韵的诗作绝大部分使用"中华新韵"。